[瑞典] 乌丽卡·凯斯特 文/图

王映红/译

小澳的毛衣

復旦大學出版社

图书在版编目（CIP）数据

小澳的毛衣 /（瑞典）乌丽卡·凯斯特
(Ulrika Kestere) 文、图；王映红译. -- 上海：复旦
大学出版社，2020.5
ISBN 978-7-309-14846-6

Ⅰ.①小… Ⅱ.①尤…②王… Ⅲ.①儿童故事—图
画故事—瑞典—现代 Ⅳ.①I532.85

中国版本图书馆CIP数据核字(2020)第039174号

The Original title:
OTTOS ULLIGA TRÖJA
© Text and illustrations: Ulrika Kestere, 2018
©Bokförlaget Opal AB, 2018
上海市版权局著作权合同登记号：09-2019-935

小澳的毛衣

著　者　[瑞典]乌丽卡·凯斯特 文/图
王映红 译
责任编辑　谢少卿
版式设计　卢晓江

复旦大学出版社有限公司出版发行
上海市国权路579号　　　　　　邮编：200433
网　　址　fupnet@fudanpress.com　　http://www.fudanpress.com
门市零售　86-21-65642857　　团体订购：86-21-65118853
外埠邮购　86-21-65109143
印　刷　厂　上海盛通时代印刷有限公司

开　本：890×1240　1/16　　印　张：1.75
2020年5月第1版第1次印刷
ISBN 978-7-309-14846-6/I.1205
定价：38.00元

如有印装质量问题，请向复旦大学出版社有限公司发行部调换。
版权所有　　侵权必究

北方的大海边,有一栋蓝色的小屋,像蓝莓一样蓝,屋顶长满了青草。山猫丽莎和小熊尼尔斯就住在这里。右边还有间红色的桑拿房,里面可热啦……热得你想象不到。

这一天,丽莎在屋顶上除草,尼尔斯在花园里布置餐桌,摆上咖啡和茶点。好朋友小澳要来看他们了!小澳是骑自行车来的,他都骑了好几个月——没准是好几年——反正,时间很长就是了!

看，小澳来了！

小澳是一只狐猴，身材保持得不错。当然，如果你能几百天不间断地骑车，身材也会变得很好。小澳骑的是一辆红色自行车，铃铛亮闪闪的。他喜欢不停地按铃，让铃铛发出清脆响亮的声音。

看到丽莎和尼尔斯后，小澳按响了铃："叮铃铃！叮铃铃！叮铃铃！"

"朋友们，我来了！"他叫道。

三个好朋友欢呼着,紧紧地拥抱在了一起。

"好久没见了!"小澳说。

"你都长这么高了!"丽莎惊叹道。

"今天天气真好。"尼尔斯开心地说。

小澳想告诉他们自己这一路上的所见所闻,比如,他遇到了一只丢了手套的刺猬,和一头想独自待着的山羊。

"……今晚我终于能看到北极光了!我要把它画下来,拿回家挂在墙上!"小澳说。

"那是肯定的,不然你很快就会忘了它是什么样。"丽莎说,"我和尼尔斯就是这样,看过就忘,所以每次看到北极光,我俩都觉得非常新奇。"

太阳落山了,小澳带着画笔和颜料,去了附近一座光秃秃的山上。天很冷,他的鼻子很快就冻僵了。小澳支好画板开始画画,但没过多久,他就忍不住发起抖来。他抖得很厉害,连笔都握不稳了,画出来的线条歪歪扭扭的。

"嗒嗒–嗒–嗒嗒嗒!"小澳冷得牙齿都在打颤。

小澳回来了。他鼻子冻得通红，还流着鼻涕。

他把画拿给丽莎和尼尔斯看。

"太－太－太冷－冷了。"小澳吸着鼻子说，"画－画得－可－可糟糕了。"

"朋友啊，你不是跟我们一样身上有毛么？怎么还这么怕冷？"尼尔斯不解地问。

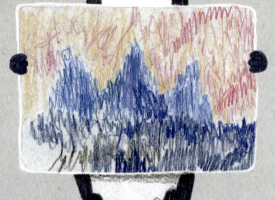

小澳说："我住的地方比这儿暖和多了，所以我身上的毛和你们的不一样。"

"这样啊，我还真不知道毛和毛之间还有区别呢。"

尼尔斯和丽莎带小澳去了桑拿房,还给他煮了一大杯热气腾腾的蓝莓汤。

"今晚你就睡在这儿吧,很快就会暖过来了。"丽莎说。

尼尔斯和丽莎都很担心小澳的身体,要是能有件暖和的毛衣就好了,但该怎么做呢?尼尔斯觉得可以找点柔软的东西压成一片,让小澳裹在身上。

尼尔斯和丽莎的书不多，实际上，他们家只有两本书。一本是侦探故事书，讲的是一只麋鹿觉得森林里有神秘的事发生。这本书挺有趣，他俩读了好几遍。还有一本是狐狸莉娜送的，讲的是羊毛。也许书里会讲到如何织毛衣？丽莎拿出那本书，坐在火炉旁的扶手椅上读了起来。

第二天早上,尼尔斯问丽莎:"书里讲了啥?"

"不知道,只读到一半,好多内容都忘了。"丽莎说,"不过,看书里的插图,如果我的理解正确的话,织毛衣需要先收集些柔软的羊毛,但我一只羊都不认识。你有认识的羊吗?"

"没有。不过,我们能不能用自己的毛?"尼尔斯说,"我的毛很柔软,穿着一定舒服。"

"我的毛也软,感觉比羊毛还软呢。"丽莎说。

　　两人开始梳毛。虽说不是什么比赛,但明眼人都看得出,丽莎梳下来的毛比尼尔斯的多多了。

　　尼尔斯有点不高兴了:"你咋这么多毛?"

　　"是啊,不像你小不点,毛都没多少吧?"

　　"你叫谁小不点?"

　　"嘿嘿,别生气了尼尔斯。"丽莎笑着把毛收集起来,装进袋子里。

讲羊毛的书中有一张插图,画的是一个奇怪的轮子,用它可以把毛纺成线。尼尔斯和丽莎没有这种东西,但朋友莉娜有,于是他俩带着毛去了莉娜家。莉娜告诉他俩,这个轮子样的工具叫纺车,还示范了一下怎么用。

尼尔斯问莉娜能不能帮他们把毛纺成线,莉娜不肯。她说:"自己动手才好玩呢,尼尔斯!你不仅能学到新东西,还会变得更聪明。"

于是,尼尔斯负责纺线,丽莎则负责把毛梳理整齐。

尼尔斯和丽莎送了莉娜一篮肉桂面包表示感谢,之后他俩滚着纺好的毛线球回家了。

尼尔斯非常自豪,他对丽莎说:"想想吧,这可是我们自己纺的!我真是太聪明了!"

丽莎想了想,大叫道:"我也很聪明的!"

"别叫这么大声!又不是什么比赛!"尼尔斯说道。

回到家后,他俩去桑拿房看小澳。

小澳的鼻子还是红红的。

"感觉怎么样,小澳?"尼尔斯问。

"不好。"小澳吸吸鼻子道,"我病了。我今天就待在这,哪儿也不去,这里可暖和了。"

"等你好了后,我们要给你一个惊喜。"丽莎说。

"真的?那太好了!"小澳说,"希望是很多很多的蓝莓汤!"

现在该给毛线染色了。橱柜里有昨天的剩饭——洋葱和紫甘蓝。

他们拿出一小部分毛线放到一边，其余的分成三份，放进三口锅里加上水，再分别加入红洋葱、黄洋葱和紫甘蓝。猜猜看，结果会怎样呢？

就这样，等水煮开后，毛线染上了红、黄、蓝三种颜色。丽莎把染好色的毛线挂在花园里晾干，尼尔斯则给小澳端去了一碗热腾腾的蓝莓汤。

毛线晾干后，尼尔斯开始给小澳织毛衣，因为丽莎手太大，握不稳棒针。

"真烦，所有的活都落在我一个人身上，就因为你的手太胖。"尼尔斯不满地抱怨道，因为他觉得一个人织完一件毛衣太费时了。

"我的手不过是大了点，哪里胖了？"丽莎不高兴地说道。

就在毛衣织好的那天,小澳的病也好了。他走出了桑拿房,尼尔斯和丽莎可以给他惊喜了。

小澳太感动了,他以前可从没收到过这么好的东西。

"是我织的!"尼尔斯自豪地说。

"喜欢吗?"丽莎问。

"这还用问?"小澳高兴地道,"这是我见过的最大的惊喜!"

穿上新毛衣后,小澳浑身暖洋洋的,就像回到了南方的家乡。他站在外面画极光,一画就是好几个小时,一点都不觉得冷。

小澳把画送给了尼尔斯和丽莎,毛衣他带回家做纪念。

三个好朋友一起玩了好多天,不只在温暖的室内,有时也去寒冷的户外。终于,到了小澳回家的那天,他们恋恋不舍地说再见。

回到家后,小澳把毛衣挂到墙上,和他的艺术品放在一起。毛衣会让他时时想起北方热心的朋友和美丽的风景。毛衣会一直挂在那儿,等下次去看尼尔斯和丽莎时,他还会穿上它呢!